ANTI-JUSTIFICATION.

SATIRE

A BARTHELEMY.

PAR M. FORTUNÉ DE CHOLET.

Indignatio fecit versus.

PRIX : 1 FR. 25 CENT.

Se vend au profit des Détenus politiques.

PARIS.

G.-A. DENTU, DELAUNAY,

PALAIS-ROYAL.

—

1832

ANTI-JUSTIFICATION.

Satire

A BARTHÉLEMY.

PAR M. FORTUNÉ DE CHOLET.

Indignatio fecit versus.

PRIX : I FR. 25 CENT.

Se vend au profit des Détenus politiques.

PARIS.

G.-A. DENTU, DELAUNAY,
PALAIS-ROYAL.

—

1832

Imprimerie de A. Barbier,
RUE DES MARAIS S.-G., N. 17.

ANTI-JUSTIFICATION.

SATIRE

A BARTHÉLEMY.

Il s'est justifié!... la publique balance
Peut tour à tour peser sa voix et son silence...
Il s'est justifié... devant tout l'univers...
Barthélemy vendu s'achète sept cents vers.
L'éditeur Perrotin, dans ses pensers intimes,
Le tarife aujourd'hui deux francs vingt-cinq centimes.
Allons, chalands, venez... Achetez et lisez;
Lisez, jeunes et vieux; en vain coalisés
Nos Arnaud, nos Viennet, ces rimeurs saltimbanques,
De leur tripot d'esprit réuniraient les banques;
En vain Jouy, Lavigne, artistes patentés,
De jouer avec lui seraient encor tentés;
Barthélemy, riant de leur naïve troupe,
Cent fois, même à leur nez, ferait sauter la coupe;
Barthélemy, gorgé de tabac et de rhum,
De sa muscade d'or entretient le Forum,
Et d'un peuple trahi comprenant les reproches
Lui dit : Rien dans les mains, rien encor dans les poches;

Rien dans les mains : messieurs, voyez, je ne ris pas :
La fange d'un égoût devient or sous mes pas ;
Mais ce n'est pas pour moi... De vous tous je diffère :
J'en donne et n'en prends point ; je n'en saurais que faire.

Mais vous, vils épagneuls, dont la dent m'a mordu,
Vous, dont le bon plaisir murmure : il s'est vendu ;
Allons, accusateurs, tâchez de me répondre !
Quel œuf d'or assez gros aurait-on pu me pondre ?
De l'or, à moi ! de l'or ! Sans doute ! eh ! pourquoi pas ?
Le caillou devient-il un lingot sous tes pas ?
De l'or... pour assouvir tes passions avides,
Quarante *Némésis* rentreraient les sacs vides.
De l'or... En vins d'Espagne, en femmes, en chevaux,
Ton Hercule sept fois eût vendu ses travaux.
De l'or... Chacun le sait, la fatale roulette
Dévora ton Lamarque en un tour de boulette ;
Et d'ailleurs, tu l'as dit, le marteau de tes vers,
Avait brisé ton front aux yeux toujours ouverts :
La fièvre dévorait ton ardente insomnie,
Et ta muse déjà râlait son agonie...

Las d'insulter au ciel et de jeter au vent
Les impuissans éclats de ton foudre mouvant,
Las d'user tes poumons, de calciner tes veines,
A cet âtre infernal de tes colères vaines,

Renégat de juillet, affront de ses affronts,
Tu vas aux pieds de juin étaler tes chevrons.
Tu dis : si j'ai cinq ans combattu sur la brèche,
Après tant de grands coups mon sabre enfin s'ébrèche;
Mon front cicatrisé, quels que soient ses drapeaux,
Réclame du pouvoir la solde du repos.
Et le pouvoir, jaloux d'une nouvelle école,
A sa paix à tout prix t'ajoute en protocole.

Mais lorsque, main à main, tu traitais avec lui,
De ton néfaste juin le soleil avait lui, —
Et soudain tu pensas : Pourquoi troubler la fête?
Balthazar à la mort envoya le prophête;
Pendant les jours de meurtre et d'impudicité,
Il faut que dans son puits rentre la vérité...
Tu pensas : il est temps de changer de langage,
Du faix de la pudeur l'impudence dégage.
Tu pensas : maintenant le boulet de canon,
Au front de l'Institut n'inscrirait plus son nom;
Nos gardes boutiquiers frapperaient, lame nue,
Et leur plomb calibré n'atteindrait plus la nue.
Peut-être qu'une main, comme en Barthélemy,
Au Louvre briserait le cœur d'un vieil ami.
Ah! notre république aux bouchers désignée
Doit raviver Paris dans sa large saignée...
Tous nous devons périr... Tous, la terreur le veut...
Adieu... la république... Adieu... sauve qui peut...

Dès lors ta *Némésis*, le front couvert de cendre,
Aux genoux du veau d'or se hâta de descendre :
Elle joignit les mains et cria : Pardonnez,
Je pleure et me repens... Mes vers désordonnés
S'il le faut, chez Persil, centaine par centaine,
Iront, pestiférés, finir leur quarantaine ;
S'il le faut, dès ce jour, à la voix de d'Argout,
Je veux, d'un timbre impur, saturer mon dégoût ;
Que Philippe à sa table aujourd'hui me convie,
J'en veux sortir gorgé pour quatre fois ma vie.
Je veux avoir hôtel, équipage.... oui, je veux
De mon absoute d'or toucher tous mes neveux.
Oui, de ma *Némésis* la torche va s'éteindre ;
D'un tricolore neuf je prétends la reteindre.
Demain, me modulant à de sages échos,
Je dirai : Polonais, tendez votre shakos....
Guerre aux républicains..... guerre encore aux carlistes.
Vidoc a de l'ouest rêvé les vieilles listes.
Victoire...., Confions dans ces jours de rumeurs
La province à Vidoc, Paris aux assommeurs....
Paris ! La république avide de sa proie,
Sous son pied destructeur à chaque pas le broie.
Au vol, à l'incendie, assidus abonnés,
Je vois, vieux étendards, s'agiter ses bonnets.....
J'entends les cris de mort que les bagnes fétides
Répètent.... doux signal de leurs sans-culotides.
Aux armes, boutiquiers.... Hélas ! *vos yeux verront*
Descendre vos faubourgs le bonnet rouge au front.

Puisqu'il faut *la terreur*, que vos mains *jamais lasses*
Du *triangle d'acier* épouvantent *nos places*.
Aux armes, boutiquiers, et vous, sacré pouvoir,
De vos célestes feux ouvrez le réservoir....
Frappez, vous serez juste, et dans la foi punique
Dès qu'une loi vous gêne, elle devient inique.
Frappez donc...., frappez fort.... une goutte de sang
Sur le pavé d'été rend le chemin glissant.
Mais du sang, à grands flots, jusqu'à la jarretière;
Du sang pour inonder la cité tout entière!....
Alors par son torrent emporté sans effort,
Seul vous serez la loi; vous serez le plus fort.
Voilà ce que tu dis..... Muse d'état de siège....
Et tu vins surnageant sur ton âme de liège.

Maintenant...... emporté sur ce mont asservi
Que nul ne peut descendre après l'avoir gravi.....
A ton tour flagellé, par ta propre lannière
Tu veux en vain sortir de ta fétide ornière :
Vieux cheval, dans la boue accélérant ton pas,
Tu la jettes sur tous et ne t'en sauves pas.....
Je le sais, tes amis, les purs des barricades,
De l'hôtel des élus fatiguant les arcades,
Douze mois.... comme un pauvre au détour du chemin,
Ont tenté la fortune, un placet à la main.

Mais, parmi ces Brutus, moi, j'en connais encore
Que l'estime accompagne et qu'un nom pur décore.
Jeunes gens... entraînés dans un sentier fatal,
De leurs pudiques feux brûlant le sol natal;
Jeunes gens, allaités de haine et de mensonge,
Don Quichotes, courant un exotique songe.
Enfans du despotisme et de la liberté,
Ils ont tué leur mère et n'ont point hérité....
Maintenant, en dehors de nôtre comédie;
De Juillet, mal éteint, déplorant l'incendie,
Soucieux, tous armés, contraints à se cacher
A l'appel du tocsin, ils sont prêts à marcher....
Mais toi, de leurs complots, jadis le camarade,
De les avoir trahis, tu viens faire parade.
Au festin des trois jours, dès long-temps commandé,
Tu dis qu'insouciant tu n'as rien demandé;
Que, laissant aux vainqueurs recette et préfecture,
Tu cédas, sans regret, ta part de la pâture....
Que tu n'as rien voulu, rien du tout.... cependant
Le gâteau partagé porte un trou de ta dent,
Alors.... quoique ce soit, un quartier, une miette,
Paris t'a vu lamber le fond de ton assiette....
Et pendant qu'en long deuil, suivant ses corbillards,
Le peuple reposait sur la foi des pillards.
Pendant que s'exilant, dans son bureau despote,
Le préfet se mourait, belle fleur qu'on dépote,
Le pouvoir, peu jaloux de ta capacité,
Paya quinze cents francs ton inutilité.

Quinze cents francs, six mois ce fut là ta curée ;
Mais sur ton feu vendu ta poële mal curée,
Bientôt ne nourrit plus ton appétit vainqueur,
Et son fumet infect te souffla mal au cœur.
Tu crus qu'on t'oubliait et de ton exigeance,
Un an ta *Némésis* a soldé la vengeance....
Un an, devant ton fouet nul ne trouva raison...
Le roi seul.... c'est qu'un roi commande à la prison.

Alors, pendant un an, d'un tableau de prologue,
Ta *Némésis* joua le hideux monologue...
Mais, soit que tu voulus, horrible balancier....
Présenter au pouvoir ton triangle d'acier ;
Soit que le bonnet rouge et son argot obscène,
Au drame de quinze ans terminassent la scène ;
Soit que, soldat surpris aux bornes des deux camps,
Esclave, poings liés, on t'ait mis aux encans....
Soit que, fils de l'erreur et reniant ta mère,
Tu veuilles.... dans son front écraser sa chimère,
Barthélemy.... ton corps sur l'infamant poteau,
Réclame le premier tes clous et ton marteau....

Sans doute, on peut changer ; le flot de la vengeance
D'un virement de bord précipite l'urgence....
Sans doute, on peut changer. Une savante main,
Dès-lors qu'on l'a perdu, peut montrer le chemin.

Égaré sur la mer, sous un ciel sans étoile,
On peut du nord au sud tourner cent fois la voile.
Insensé qui, voyant un gouffre sous ses pas
A l'instant d'y tomber, ne les arrête pas....
Insensé qui, voyant une route meilleure
Captif d'un fol orgueil, ne la prend pas sur l'heure!

Mais quand, dès le berceau, vers le bien engagé,
Pas à pas on poursuit un sentier ménagé....
Quand on ne prétend point, champion ridicule,
Cheviller au combat un siècle qui recule....
Quand, guidé par son cœur dans l'éternel sillon,
Sans jamais le quitter on suit son pavillon....
Quand, peuple avec le peuple, et sans doctrine immonde,
Sans recul, sans cahot, on avance le monde....
Barthélemy, crois-moi, l'on doit être encensé;
Et qui ne change point n'est point un insensé....

Le globe, cet atôme au milieu de l'espace,
A sa route tracée et jamais ne la passe.
Pour fuir le ridicule, attentif à tes vers,
Le soleil n'ira point heurter notre univers....
Oui, pour que ta raison garde ses rimes nettes,
Dieu n'ira point au ciel égarer ses planettes....
Barthélemy, crois-moi, dans tout temps, dans tout lieu,
Demeurer immuable est la vertu de Dieu!

Cependant, si fuyant l'erreur dans sa déroute,
Tu marches vers le bien et tu cherches ta route,
Combien de jours ton arc, soit libre, soit vendu,
Changeant son but cent fois demeurera tendu...
Combien d'apôtres neufs... usant leur impuissance...
Troqueront de leur christ l'imbécille indécence.
Combien de fois jeté du haut de son pavois
Tes veaux d'or changeront de costume et de voix.
Éteignant, rallumant leurs cierges des dimanches,
Combien de fois nos Soult détacheront leurs manches,
Jusqu'au jour où brisant l'urne de ses faveurs
Le peuple racheté suivra ses vrais sauveurs...

De nos discords civils quand la torche allumée
Sous les pieds d'un enfant s'éteindra sans fumée...
Alors Barthélemy si tu n'as point menti
Le parti de l'enfant deviendra ton parti;
Et soudain empruntant le vieux luth de l'Écosse
On t'entendra bénir Henri V le précoce.
Oui, je veux qu'avec tous... tombant à ses genoux,
Tu dises : fils des rois... Henri, protége-nous.
Je veux que *Némésis*... la muse du massacre
Chante pieusement son second chant du sacre.
Je veux que de son bras pour le bien excité
Elle mette au pavois la légitimité.

La légitimité!... Du vain nom de carlistes
Va ne tourmente plus tes rimes moralistes.
Des carlistes... Tu peux, la lanterne à la main,
Diogène nouveau, hanter le grand chemin.
Soit qu'un char citadin roule dans la poussière,
Soit qu'un chasseur joyeux pèse carnassière,
La Vendée héroïque et les géans ses fils,
Le midi d'une épée armant son crucifix...
Marche, interroge tout, la campagne, la ville,
Depuis l'altier schakos jusqu'à la hotte vile.
Interroge Holyrood et dis avec chacun :
Légitimistes tous... et carlistes,..... pas un...

La légitimité, phare d'une nuit sombre,
Guidera vers le port notre vaisseau qui sombre ;
Son feu venu du ciel, chez les hommes nourri,
Par le vent fatigué n'a point encor péri.
Il se rallumera ; sur le front de la France
Il cicatrisera la lèpre de souffrance ;
Et demain, s'il le faut, aux yeux de l'univers
De son foudre vengeur elle armera mon vers...

Je ne viens point ici, crieur de l'anarchie,
Débattre dans le sang un troc de monarchie.
Je ne viens point encor, sybille de juillet,
A ses fastes trop pleins ajouter un feuillet.

Champion d'un principe et non d'une personne,
J'attends fort de mon droit que la trompette sonne.
Alors malheur à vous... débiles comédiens
De notre honneur commun sacriléges gardiens...
Alors malheur à vous... Dans son ardente serre
Le vautour affamé vous voit et vous enserre ;
Malheur à vous... Mais non... quel que soit le forfait,
Un Bourbon contre lui ne trouve qu'un bienfait...

Mais vous... quelle terreur sans cesse vous talonne...
Un Bourbon a laissé son aigle à la colonne...
Si la main du d'Argout, par la main des bourreaux
Brûla les trois couleurs... veuves de son héros...
Le d'Argout... d'un Bourbon comprit mal la pensée...
Mais vous quel est l'emploi d'une ère dépensée...
Vainqueurs, de vos exploits quel est le monument?...
Est-ce donc votre coq? un repos infamant...
Est-ce votre drapeau, dont un préfet ganache
Sur le front de Henri couvre le blanc panache?
Est-ce la fleur de lys... que le marteau fuyard...
Écrase impudemment sur l'écu de Bayard...
Un vieux christ renversé?... Voilà deux ans de vie...
Voilà le pur festin auquel on nous convie...
Et l'on veut qu'à ces Huns, moi je tende la main...
Moi, qui fier de la veille attends un lendemain...
Ah! jamais!.. et pourtant... un poète, un jeune homme...
Encenseur du veau d'or, le front levé se nomme...

Il dit je veux la paix... je veux l'honneur... Mon Dieu!...
Sa paix et son honneur... c'est le juste-milieu...
Dans le dédale infect de la Babel nouvelle;
Philippe est le sauveur que *Némésis* révèle...
Philippe!... mieux que tous, à son vers confondu
Pour la France et pour moi, *Maurice* a répondu...

Philippe... devant lui mon courage recule...
Mon corps pèse trop peu dans l'humaine bascule...
Trève donc... Je craindrais un combat inégal,
Et mon vers mentirait s'il devenait légal.
Si jamais pour capter l'obole de la foule
Je n'ai heurté du pied l'idole qu'elle foule;
Si jamais l'éditeur devant son front balant
Mon manuscrit en main ne m'a vu son chalant;
Si jamais Johannot de sa large vignette
A mes deniers comptant n'a vendu l'étiquette;
Si je ne drappe point d'un maroquin doré
Mon vers soldat encore et mon titre ignoré...
Crois-moi, Barthélemy, je crains peu ta menace,
Je me dresse au niveau de ta haine tenace...
En vain... tout meurt flétri par ton souffle d'enfer...
Qu'un autre offre son crâne à ton ongle de fer,
Si je dois pendre un jour au croc de ta satyre
Je n'y porterai point la pitié du martyre.
Mon fiel depuis un an à grands flots refoulé
Avec un sang de feu dans ma veine a coulé,

Tu nous jettes ton gand, eh bien! je le relève;
Corps à corps, pieds à pieds, à toute heure et sans trève
Je te suis, et sans nom par le peuple abrité
Je veux marquer le tien d'un sceau de vérité.
Ah qui me ferait peur... quand ma vie est sans tache;
Que me fait le carcan où ta fureur m'attache.
Ah qui me ferait peur?... Vainement ton parrain
Le pouvoir violant son cadenas d'airain
T'ouvrirait ses cartons... dans ces cartons encore,
Il n'est point un papier que ma griffe décore.
Est-il dans les bureaux, un commis, un valet,
Qui m'ait vu dans vos jeux égarer mon palet?
Jamais vendant ma plume à lutter occupée,
Dans le sac d'un caissier je ne l'ai retrempée.
Depuis deux ans finis, ferme sur le rempart,
Du combat, non du prix, je dispute ma part.
Jamais dans mes journaux, braillard que l'on jalonne
Je n'ai mis à l'encan le prix de ma colonne.
Toujours... Mais à quoi bon, moi, me justifier,
Sous le couteau du moi m'aller sacrifier;
On ne m'attaque point... S'il fallait se défendre
Sur-le-champ contre tous, seul j'oserais me fendre.
Il ne me faudrait point redoutant un revers
Deux mois me cuirasser d'un non en sept cents vers.
Mais je ne te crains point... et je ne crains personne,
Je sème en attendant le temps où l'on moissonne,
Et, gardien d'un trésor qu'on laisse à la merci,
Lorsque son jour viendra, je dirai : le voici...

Tu peux, par les détours d'une adroite logique,
Par l'éclair imprévu d'une phrase énergique,
Égarant un public trop prompt à se fier...
Blanchir l'état de siége et le justifier...
Tu peux, légalisant une terreur panique,
Consacrer le rempart d'une ordonnance inique ;
Tu peux, portant la mèche à tes canons béants,
Maudire Charles X et bénir d'Orléans ;
Tu peux, mettant ta muse aux royales enchères,
Rendre l'honneur premier à la dame Feuchères.
Mais toi, que ce projet te quitte désormais,
Toi te justifier, Barthélemy, jamais...

FIN.